Cartoline

Questa storia
appartiene a

....

Mistero alla fattoria Giallogirasole

Direttore di collana: Mariagrazia Bertarini
Testi: Maria Giuliana Saletta
Editing: Team redazionale ELI – La Spiga
Redazione: Patrizia Cipelli
Art Director: Letizia Pigini
Progetto grafico: Romina Duranti, Valentina Mazzarini
Illustrazioni: Maurizia Rubino
Impaginazione: Carmen Fragnelli, Luce Digitale
Responsabile di produzione: Francesco Capitano

Font leggimi.ttf, copyright Sinnos
soc. coop. sociale ONLUS 2007
www.sinnos.org

© 2012 **ELI - La Spiga** s.r.l.
Via Soperga 2
20127 Milano - Italia
T +39 02 2157240
info@laspigaedizioni.it
www.alberodeilibri.com

Stampa: Tecnostampa – Recanati 12.83.002.0
ISBN 978-88-468-3007-4

La casa editrice ELI – La Spiga usa carta certificata FSC per le sue pubblicazioni.
È un'importante scelta etica, poiché vogliamo investire nel futuro di chi sceglie ed utilizza i nostri libri sia con la qualità dei nostri prodotti sia con l'attenzione all'ambiente che ci circonda.
Un piccolo gesto che per noi ha un forte significato simbolico.
Il marchio FSC certifica che la carta usata per la realizzazione dei volumi ha una provenienza controllata e che le foreste sono state sottratte alla distruzione e gestite in modo corretto.

Maria Giuliana Saletta

MISTERO ALLA FATTORIA

GialloGirasole

La Spiga
EDIZIONI

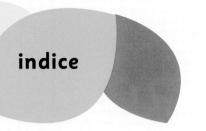

indice

SVEGLIA!

NELLA FATTORIA GIALLOGIRASOLE
GLI ANIMALI SI STANNO
SVEGLIANDO.

IL GALLO UGO È SALITO
SULLA STACCIONATA
E URLA IL SUO CHICCHIRICHÌ!

BETTINA LA MUCCA,
CHE È DIVENTATA MAMMA
DA POCHI GIORNI,
DÀ UNA LECCATA SUL MUSO
DEL SUO VITELLINO.

L'HA CHIAMATO ALFREDO,
COME SUO NONNO,
IL VECCHIO TORO.

— SVEGLIATI ALFREDO!
IL SOLE STA NASCENDO
DIETRO LA MONTAGNA —
DICE LA MAMMA.

IL VITELLINO APRE GLI OCCHI.
È ANCORA ASSONNATO E SUCCHIA
IL LATTE DALLE MAMMELLE
DELLA SUA MAMMA.

È BUONO IL LATTE
E AL MATTINO TI DÀ LA CARICA
PER AFFRONTARE LA GIORNATA.

LE GALLINE SI STIRACCHIANO,
SPIUMANDOSI E INTANTO
CHIACCHIERANO TRA DI LORO.

— BELLO IL TUO UOVO, OGGI!
— GUARDATE GELSOMINA,
NE HA FATTE TRE DI UOVA!
— BRAVA, GELSOMINA!
IP IP URRÀ! IP IP URRÀ!

LE PECORE, COME OGNI MATTINA,
FANNO LA CONTA.
– SETTE, OTTO, NOVE E DIECI.

12

– SÌ, SÌ, CI SIAMO TUTTE!
– GRAZIE AL CIELO
ANCHE QUESTA NOTTE
È PASSATA TRANQUILLA.
ERNESTO HA FATTO
BUONA GUARDIA E NESSUNO
CI HA PORTATE VIA! –
BELANO IN CORO.

MAMMA SCROFA,
PER SVEGLIARSI MEGLIO,
SI ROTOLA NEL FANGO.

POI, DICE AI SUOI MAIALINI:
– FORZA LATTONZOLI,
FATE COME ME,
COSÌ IL SOLE NON SCOTTERÀ
LA VOSTRA PELLE ROSA!

I PICCOLI GRUGNISCONO
SODDISFATTI:
– CHE BELLO NON DOVERSI
FARE LA DOCCIA
TUTTE LE MATTINE!

LE TRE OCHE DELLA FATTORIA
ARRIVANO IN FILA NELL'AIA.
CAMMINANO UNA DIETRO
L'ALTRA, MOLTO ORDINATE.

SONO AFFAMATE E STARNAZZANO
I LORO QUA QUA
PER CHIAMARE MATTEO E ANNA.

CHE SORPRESA!

MATTEO ESCE DI CASA
PER ANDARE A MUNGERE
LE MUCCHE.

ANNA HA NEL GREMBIULE
IL MANGIME PER LE OCHE
CHE LE CORRONO INCONTRO FELICI.

19

MA DOVE È FINITO TOBIA,
IL GATTO CHE
TUTTE LE MATTINE
SI STRUSCIA SULLE GAMBE
DI ANNA APPENA ESCE
DALLA PORTA?

OGGI NON C'È.

NESSUNO L'HA VISTO
E ANNA COMINCIA A CHIAMARLO
A GRAN VOCE.
– TOBIA! MICIO, MICIO... TOBIA!
MICIO, MICIO. VIENI, VIENI QUI!

NIENTE DA FARE.
TOBIA SEMBRA SPARITO
NEL NULLA.

LE GALLINE, UN PO' PETTEGOLE,
COMMENTANO TRA LORO:
— MA DOVE SARÀ SCAPPATO
QUELLA PESTE DI TOBIA?
— NON VEDE CHE ANNA È TRISTE?

— LO SAPEVO, NON C'ERA
DA FIDARSI.
UN RANDAGIO RESTA SEMPRE
UN RANDAGIO.
— HA VOGLIA DI LIBERTÀ
E ALLA PRIMA OCCASIONE SCAPPA!

– SÌ, SÌ – CONTINUANO
IN CORO LE TRE OCHE.
– DEVE PROPRIO ESSERE
COSÌ!
– CI HA ABBANDONATI
PER TORNARE ALLA
SUA VITA SELVATICA!

24

— ANTIPATICO DI UN TOBIA.
NON SI MERITAVA LA NOSTRA
AMICIZIA!
— SIAMO STATI TROPPO BUONI
CON LUI ED ECCO
COME CI HA RIPAGATI!

A CACCIA DI INDIZI

A ERNESTO, IL CANE DI MATTEO,
TOBIA NON È MAI PIACIUTO MOLTO.

SI SA, CANI E GATTI
SONO SEMPRE UN PO' GELOSI
L'UNO DELL'ALTRO.
BISTICCIANO SPESSO.

MA ERNESTO NON SOPPORTA
DI VEDERE ANNA TRISTE
PERCHÈ LE VUOLE BENE.
COSÌ ANNUSA LA CIOTOLA
DI TOBIA E POI,
DA BUON DETECTIVE,
FA DOMANDE A TUTTI.

— BETTINA, QUANDO È STATA
L'ULTIMA VOLTA CHE HAI VISTO
TOBIA?
— NON SAPREI — MUGGISCE BETTINA.
— NON RICORDO BENE,
FORSE IERI POMERIGGIO.

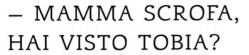

— MAMMA SCROFA,
HAI VISTO TOBIA?
— NO — RISPONDE MAMMA SCROFA.
— MA, NEGLI ULTIMI GIORNI ERA
PIÙ TRANQUILLO DEL SOLITO,
PIÙ SILENZIOSO
E DORMIVA SEMPRE.

ANCHE ALLE PECORE ERNESTO
FA DOMANDE E LORO IN CORO
RISPONDONO BELANDO.

– NON VORREMMO SEMBRARE
PETTEGOLE, COME LE GALLINE,
MA TOBIA CI È SEMBRATO
STRANO NEGLI ULTIMI GIORNI.
–SÌ, SÌ. ERA PERFINO INGRASSATO.
AVEVA PERSO LA SUA BELLA LINEA!

LE GALLINE SI OFFENDONO.
— PETTEGOLE NOI?
NEANCHE PER SOGNO!
— TOBIA ERA INGRASSATO,
NON FACEVA PIÙ SALTI AGILI.
CAMMINAVA LENTO, PIGRO...
— OH, SÌ, PIGRISSIMO!

ERNESTO HA RACCOLTO
MOLTI INDIZI E PARTE
ALLA RICERCA DI TOBIA.

GUARDA NELLA STALLA,
TRA LE MUCCHE,
MA NON TROVA NULLA.

ENTRA NEL POLLAIO,
IN MEZZO ALLE GALLINE
E FIUTA L'ARIA.

DI TOBIA NEPPURE L'OMBRA!

PASSA DALLA PORCILAIA,
CERCA TRA I LATTONZOLI.
CHIEDE SCUSA PER
IL DISTURBO A MAMMA SCROFA.
MA DI TOBIA NESSUNA TRACCIA.

ENTRA NELL'OVILE.
– SCUSATE SIGNORE,
POSSO CONTROLLARE
SOTTO LA VOSTRA PANCIA? –
CHIEDE ERNESTO.
– SÌ, MA FAI PRESTO.
SOFFRIAMO IL SOLLETICO! –
BELANO IN CORO.

CHI CERCA TROVA!

ALLA FINE ERNESTO HA UN'IDEA.

ENTRA NEL FIENILE,
SI GUARDA INTORNO
E POI SENTE UN MIAGOLIO
CHE VIENE DA SOTTO IL FIENO.
PIANO PIANO SI AVVICINA
E LO SOLLEVA.

TOBIA È LÌ.
INTORNO A LUI CI SONO
TRE MICINI APPENA NATI.

ERNESTO DICE:
— NON AVER PAURA.
ERAVAMO PREOCCUPATI
E SIAMO VENUTI
A CERCARTI.

ANCHE ANNA E MATTEO
ARRIVANO DI CORSA.
– FORSE ABBIAMO SBAGLIATO
A CHIAMARTI TOBIA. CHE NE PENSI
DI MAFALDA? – DICE ANNA.

40

MATTEO E ANNA RIDONO.
ERNESTO ABBAIA FELICE
E SCODINZOLA.
LA GATTA COCCOLA I SUOI MICINI
E FA LE FUSA.
TUTTI GLI ANIMALI FANNO FESTA.

IL MISTERO DELLA FATTORIA
GIALLOGIRASOLE
È FINALMENTE RISOLTO.

GIOCHI ALLA FATTORIA

VERO O FALSO?

1

IL CANE ABBAIA.

V

F

2

IL GATTO CINGUETTA.

V F

3

LA MUCCA MIAGOLA.

V F

4

LA PECORA BELA.

V

F

COLLEGA OGNI MAMMA AL PROPRIO CUCCIOLO.

AGNELLO

MUCCA

VITELLO

PECORA

LATTONZOLO

GALLINA

PULCINO

SCROFA

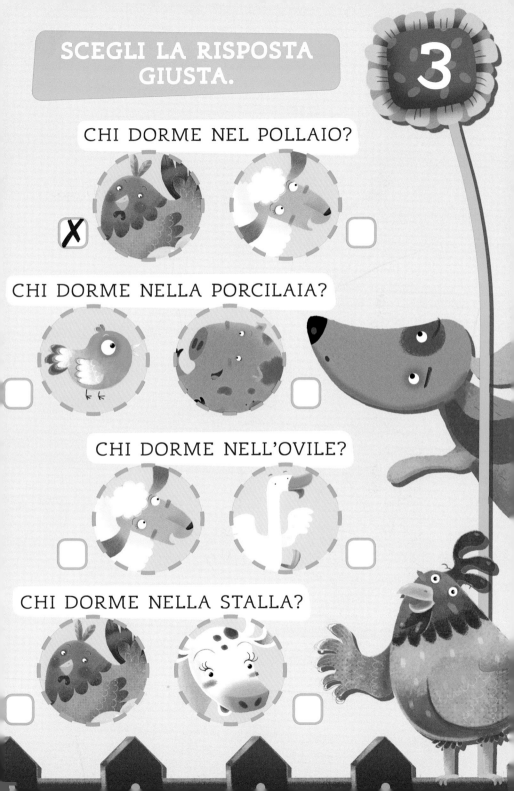

SCEGLI LA RISPOSTA GIUSTA.

3

CHI DORME NEL POLLAIO?

CHI DORME NELLA PORCILAIA?

CHI DORME NELL'OVILE?

CHI DORME NELLA STALLA?

1. **Alizé contro Perfidia** (p.64)
Mariagrazia Bertarini – Storie per crescere

2. **Rosso Rosso. Clic!** (p.48)
Stampato maiuscolo
Emanuela Orlandini – Storie per crescere

3. **Tommy, il pesce ciclista** (p.48)
Elisa Prati – Cartoline

4. **Carletto rock** (p.80) con Audio CD
Mariagrazia Bertarini. Musiche di Daniele Cosenza
Artè - storia con copione per recite

5. **Re e Regine** (p.48)
Stampato maiuscolo
Valentina Falanga – Classici

6. **Derby giurassico** (p.48)
Stampato maiuscolo
Mauro Colombo – La macchina del tempo

7. **Lo Scacciapaura** (p.48)
Elisa prati – Storie per crescere

8. **Mistero alla fattoria Giallogirasole** (p.48)
Stampato maiuscolo con caratteri ad alta leggibilità
Maria Giuliana Saletta – Cartoline

9. **I musicanti di Brema** (p.64) con Audio CD
Mariagrazia Bertarini. Musiche di Paolo Iotti
Artè - storia con copione per recite

Cartoline
MISTERO ALLA FATTORIA
GIALLOGIRASOLE
ISBN 978-88-468-3307-4